21世纪文学之星丛书 2019年卷

诗歌集

余生清白

榆 木⊙著

作家出版社

作者简介：

榆木，1989年5月出生，山西晋城陵川人，从事煤矿井下工作10年。有作品在《诗刊》《太行文学》发表。

目　录

第二辑

第三辑

第四辑

第五辑

第六辑

第七辑

第八辑

第九辑

第十辑

总 序

袁 鹰

中国现代文学发轫于本世纪初叶，同我们多灾多难的民族共命运，在内忧外患，雷电风霜，刀兵血火中写下完全不同于过去的崭新篇章。现代文学继承了具有五千年文明的民族悠长丰厚的文学遗产，顺乎20世纪的历史潮流和时代需要，以全新的生命，全新的内涵和全新的文体（无论是小说、散文、诗歌、剧本以至评论）建立起全新的文学。将近一百年来，经由几代作家挥洒心血，胼手胝足，前赴后继，披荆斩棘，以艰难的实践辛勤浇灌、耕耘、开拓、奉献，文学的万里苍穹中繁星熠熠，云蒸霞蔚，名家辈出，佳作如潮，构成前所未有的世纪辉煌，并且跻身于世界文学之林。80年代以来，以改革开放为主要标志的历史新时期，推动文学又一次春潮汹涌，骏马奔腾。一大批中青年作家以自己色彩斑斓的新作，为 20 世纪的中国文学画廊最后增添了浓笔重彩的画卷。当此即将告别本世纪跨入新世纪之时，回首百年，不免五味杂陈，万感交集，却也从内心涌起一阵阵欣喜和自豪。我们的文学事业在历经风雨坎坷之后，终于进入呈露无限生机、无穷希望的天地，尽管它的前途未必全是铺满鲜花的康庄大道。

绿茵茵的新苗破土而出，带着满身朝露的新人崭露头角，自然是我们希冀而且高兴的景象。然而，我们也看到，由于种种未曾预料而且主要并非来自作者本身的因由，还有为数不少的年轻作者不一定都有顺利地脱颖而出的机缘。其中一个重要的原因，乃是为出书艰难所阻滞。出版渠道不顺，文化市场不善，使他们失去许多机遇。尽管他们发表过引人注目的作品，有的还获了奖，显示了自己的文学才能和创作潜力，却仍然无缘出第一本书。也许这是市场经济发展和体制转换期中不可避免的暂时缺陷，却也不能不对文学事业的健康发展产生一定程度的消极影响，因而也不能不使许多关怀文学的有志之士为之扼腕叹息，焦虑不安。固然，出第一本书时间的迟早，对一位青年作家的成长不会也不应该成为关键的或决定性的一步，大器晚成的现象也屡见不鲜，但是我们为什么不在力所能及的范围内尽力及早地跨过这一步呢？

于是，遂有这套“21 世纪文学之星丛书”的设想和举措。

中华文学基金会有志于发展文学事业、为青年作者服务，已有多时。如今幸有热心人士赞助，得以圆了这个梦。瞻望 21 世纪，漫漫长途，上下求索，路还得一步一步地走。“21 世纪文学之星丛书”，也许可以看作是文学上的“希望工程”。但它与教育方面的“希望工程”有所不同，它不是扶贫济困，也并非照顾“老少边穷”地区，而是着眼于为取得优异成绩的青年文学作者搭桥铺路，有助于他们顺利前行，在未来的岁月中写出更多的好作品，我们想起本世纪20年代和30年代期间，鲁迅先生先后编印《未名丛刊》和“奴隶丛书”，扶携一些青年小说家和翻译家登上文坛；巴金先生主持的《文学丛刊》，更是不间断地连续出了一百余本，其中相当一部分是当时青年作家的处女作，而他们在其后数十年中都成为文学大军中的中坚人物；茅盾、叶圣陶等先生，都曾为青年作者的出现和成长花费心血，不遗余力。前辈们关怀培育文坛新人为促进现代文学的繁荣所作出的业绩，是永远不能抹煞的。当年得到过他们雨露恩泽的后辈作家，直到鬓发苍苍，还深深铭记着难忘的隆情厚谊。六十年后，我们今天依然以他们为光辉的楷模，努力遵循他们的脚印往前走去。

开始为丛书定名的时候，我们再三斟酌过。我们明确地认识到这项文学事业的“希望工程”是属于未来世纪的。它也许还显稚嫩，却是前程无限。但是不是称之为“文学之星”，且是“21世纪文学之星”？不免有些踌躇。近些年来，明星太多太滥，影星、歌星、舞星、球星、棋星……无一不可称星。星光闪烁，五彩缤纷，变幻莫测，目不暇接。星空中自然不乏真星，任凭风翻云卷，光芒依旧；但也有为时不久，便黯然失色，一闪即逝，或许原本就不是星，硬是被捧起来、炒出来的。在人们心目中，明星渐渐跌价，以至成为嘲讽调侃的对象。我们这项严肃认真的事业是否还要挤进繁杂的星空去占一席之地？或者，这一批青年作家，他们真能成为名副其实的星吗？

当我们陆续读完一大批由各地作协及其他方面推荐的新人作品，反复阅读、酝酿、评议、争论，最后从中慎重遴选出丛书入选作品之后，忐忑的心终于为欣喜慰藉之情所取代，油然浮起轻快愉悦之感。“他们真能成为名副其实的星吗？”能的！我们可以肯定地、并不夸张地回答：这些作者，尽管有的目前还处在走向成熟的阶段，但他们完全可以接受文学之星的称号而无愧色。他们有的来自市井，有的来自乡村，有的来自边陲山野，有的来自城市底层。他们的笔下，荡漾着多姿多彩、云谲波诡的现实浪潮，涌动着新时期芸芸众生的喜怒哀伤，也流淌着作者自己的心灵悸动、幻梦、烦恼和憧憬。他们都不曾出过书，但是他们的生活底蕴、文学才华和写作功力，可以媲美当年“奴隶丛书”的年轻小说家和《文学丛刊》的不少青年作者，更未必在当今某些已经出书成名甚至出了不止一本两本的作者以下。

是的，他们是文学之星。这一批青年作家，同当代不少杰出的青年作家一样，都可能成为21世纪文学的启明星，升起在世纪之初。启明星，也就是金星，黎明之前在东方天空出现时，人们称它为启明星，黄昏时候在西方天空出现时，人们称它为长庚星。两者都是好名字。世人对遥远的天体赋予美好的传说，寄托绮思遐想，但对现实中的星，却是完全可以预期洞见的。本丛书将一年一套地出下去，十年二十年三十年五十年之后，一批又一批、一代又一代作家如长江潮涌，奔流不息。其中出现赶上并且超过前人的文学巨星，不也是必然的吗？

岁月悠悠，银河灿灿。仰望星空，心绪难平！

1994年初秋

序

用笔留下那些会疼的时间

叶延滨

读榆木的诗稿，感受到一种久违的朴实而真诚的情感，让我从众多的诗稿中，将其选出推荐给其他编委。我不认识这位生活在矿井的诗人，此前也没有读过他的诗，但他的诗作得到多数编委的认同，脱颖而出，成为本届丛书中唯一入选的诗集，这是大家对一位真正深扎在大地深处诗人的认可。当我读到他的《矿工》：“除了黑乎乎的煤。我们/还能从地下深处再掏出什么/可是，埋在地下深处的/除了煤，还有活着的我们”。活着的我们，这一行诗使读者对诗人的关注与对底层劳动者的关注合而为一，我们能从榆木有活力并且有骨感的诗行中，领略一个当代劳动者内心的丰厚与坚实。

诗人是光明的歌唱者，从古到今的诗人

永恒的主题是爱，是光明，是对自由的向往。这就让诗歌有了向善向上的力量，引领生活在污浊混沌之中的人们向往着光明和自由；让处于长夜迷雾中的眼睛仰望星空。在榆木的诗中，生活在矿井中的人们，黑暗与光明，不是一种词汇，而是对生活最重要的判断：“在地下，我从不敢大声喊你们的名字/我害怕这黑乎乎的巷道悄悄地记住你们//因为我的亲人，就是被这黑暗给扯住的/至今，还没有回家”。这首《名字》将矿工内心最深刻的感受，用平实的语言呈现，惊心动魄，入骨三分。当下诗坛不缺少有才华的诗人，但缺少对现实能如此真实地把握。不是血淋淋就深刻，也不是展示丑陋就先锋。榆木的这几行诗，是人生的写照，是命运的呼喊，更是生命发自灵魂深处的回响。当一个诗人身体贴近大地，他的诗行也有大地给予的力量。

某些流行的写作潮流，对引领读者向上的精神元素，好像避之不及，不说理想，不谈追求，不向往明天，把玩自己那点无奈与无聊，变为一种写作时尚。理论家们不会忘记说以人民为中心，然而只有当诗人真正是人民的一分子并且与其共命运的时候，那些光彩的词汇才会因人民真实理解而获得生命力。诗人榆木的《理想》一诗写道：“他说：还清房贷，我就不干煤矿了/他说：存上十万块钱，我就不干煤矿了/他说：给孩子攒上结婚钱，我就不干煤矿了/……/他们都这样说，一心想着离开煤矿/十多年过去了。在六百米深的地下，他们/依然被黑乎乎的巷道紧紧地咬住”。这就是那些最平凡的矿工的理想，高尚吗？远大吗？不，真实而沉重。这也是人民的理想，是对抗黑暗，是坚持现实，是不得已而拼死的努力。当我们习惯于展示光鲜成就的时候，别忘了理想大道上的这些铺路石！我们每个人都承受着现实的挤压，我们都经历过光明黑暗的交替，诗人榆木把这个普世的命运共性，以矿井与矿工的独特方式呈现，用生命体验书写我与我们，我们与世界的关系，从而以小我与一个矿工群体的大我，合而为一，成为其精神代言者："我们的身体里是不是藏了太多的黑暗。所以/才把人间仅剩给我们的一点光明带入地下交换/我们的生命里是不是放不下太多的光明。所以/一盏矿灯在地下便给了我们足够多的亮光生存/有时候，我们也在想：什么时候离开煤矿啊/可我们清楚地知道，脱下这身工作服/我们就养活不起这个家//我们的这辈子是不是向每一块煤借来的。所以/今生的时光我们都在身不由己地偿还直到身骨颤抖/我们的亲人是不是也欠给光明一次黑暗。所以/他们的生前就已经把挂念托付到地下没日没夜/有时候，我也很高兴：孩子能叫爸爸了/可离开家的时间久了，再回去/他又得重新学习'爸爸'这个词语//我们的日子究竟是不是一块块煤堆积来的。所以/当我们把一座大山挖空的时候，为何我们所剩时日已经不多/我们的暮年是不是真的不需要煤的留恋，然而/当我们风烛残年还要把一颗像煤一样黑的药/嗑进身体里……"（引自《一个煤矿工人的感想》）读到榆木的这首诗，我体会到，当黑色的煤开始燃烧，它就告别了黑暗成为光明的使者；当一个矿工开始思考，他就不仅是黑色矿井中的劳作者而是点燃人心的诗人。中国曾出现过一些优秀的矿工诗人，他们歌唱底层的劳动者和他们从事的事业，榆木加入了这个队列，同时他又超越了矿工歌手的身份，成为深刻揭示矿工命运的思想者，这是他努力完成的使命，也是为当下诗坛开掘的新矿坑道。

特别让我感到惊喜的是诗人不仅对底层矿工群体有深切的理解，同时作为一个受过现代教育的矿工，在深处地底的黑暗坑道中，内心光明而透彻，身处黑暗坑道，思如明丽星空。这是时代给予诗人的精神力量，也是诗人为这个时代呈现的真正的诗意栖居。诗人以《余生清白》这首诗作为诗集名，我以为在这首诗中抒发了诗人对生活的期许和热爱：“我独爱着树叶缝合的风。门墩上 / 我独爱着蚂蚁奔跑的孤寂。几丛杂草长进院子 / 我独爱着它们幽深时的模样。幸好我来时带着雨 // 雨水里有一个春天。有我倔强的本性 / 有我一动身就来临的夜晚。昏暗的灯光里 / 有我关心的女人提鞋蹚过河流 // 河流的水可凉过脚面。我爱这冰凉的河水 / 是多年以后，我们回到地下的体温”。这是一幅充满温情而又略为寂寥的画面，人性的光烛让平凡世界的野草落叶，有了时间的刻度和目光的抚爱。有了这样的诗作，作为一个矿山生活的诗人榆木，再次证明，在这个互联互通的时代，职业的界限在消退，诗人或许是不同人群找到共同联系的信使。好的诗人永远是相同的，高尚、博爱、真诚、善良、悲悯，这些精神的元素，使诗人成为大多数人的朋友。那些缺少这些精神元素的人，纵有才华，也经不起岁月和尘世的搓揉，成为一闪而逝的流萤。榆木的诗作能让我们感受一个好诗人的悲悯情怀，在不经意的诗行中，渗透了体察、理解和爱：“落在晾衣绳上的燕子瞅瞅母亲 / 她正坐在大门口的石头上 / 磕着鞋里的土。假装没有看到燕子 / 我知道，那是她在害怕 / 如果，视线撞在一起 / 她担心会惊走一个唠嗑的人”。读到这样的诗句，我们也为孤独的母亲而心口疼痛。诗人正是用笔，将那些温暖的时间、流泪的时间、疼痛的时间，一点点地留下来，正如《会疼的时间》写道：“我勾勒的局部，一只蚂蚁从石头高处摔下来 / 如果看得足够仔细。那只蚂蚁并没有掉在地上 / 美好的想象有时候是一种伤害。我不知道它该落在哪里 / 一棵草，一片叶子。或者河流，和云彩 / 落在哪里都觉得会摔疼西山的子民。所以 / 我决定，就把它留在时间以外。顺应天命 / 总有一天，它会弄疼时间”。说得好，顺应天命，保持一个诗人对万物的爱，化万物于大爱，大爱之诗联通万物。希望诗人珍惜从地底坑道中捧回的那颗赤子之心，不断在诗艺上精进努力，相信能有更多更优秀的作品问世。

是为序。

2019年岁末

第一辑

秋日辞

你有我无法贴身解读的衰老。谷茬上苍茫是镰刀的归宿
这样最好。这样，西山看上去才像有人来过

你有我无法留守置购的寒霜。山路上脚印是鞋底的孤独
这样最好。这样，大片的松林都被你一个人踩暖过

你有，我无法俯身的土地。你有，我无法安顿的西村
这样也好。这样，我知道我总要顺从故乡的安排

死后。庙后的老松林里也有一块属于我的空地

最近辞

最近，雨水里暗藏雪花。这深情，从未被取出来
最近，我多半的时间靠在阳台。看书，也看你

你说你真的瘦了下来。窗外寒风四起，我怕你随风而去
有时候，我合书而起。远处有急促的鸟鸣，从未放得下人间

你从巴马线带回的寒冷，一点点续在茉莉花茶里
如果我离去，愿你在这尘世间有人爱

狸猫辞

落叶里的风声紧了紧磨河的水流
父亲遗失在松林里的黄昏，斜靠在巴马线的山脊上
那些落在枯枝上的麻雀躲过了一场雨雪的伏击
以至于，父亲鞋帮上带回的泥巴
正安静地围在火炉旁取暖
家里的狸猫趁着弱弱的夜色出去了
在西山的荆棘丛里，父亲抱回它的尸体

暮年辞

光棍老李家的猫避风而行，阳光给它的日子不多了
而他拖沓的脚步声里，摁着西村暮年的迟缓

在院角矮石上晒太阳的大黑猫，常常被老李的拐杖
杵到一旁。当他们紧紧挨着坐下来的时候

落在树杈上的秃鹫，总是忘了说方言

致 辞

满山的风，吹进暮色里。落日从黄牛的眼中
退出。乡村的傍晚，刚好是停留在树梢的那只喜鹊

赶黄牛的喜贵，年近六十。是村子里最年轻的人
他牵着牛走进夜色里。是繁华小镇，遗失的一部分

黄昏辞

终会有这样一个黄昏：风把一棵草，一次次吹向我的身边
我坐在西村荒凉的落日里，却无法揽你入怀

远处，一只斑鸠叼着枯枝。它分担着西村缓缓落下的夜色
我们有相同的身世，在一棵草的暮色里颤抖

也终会有这样一天：风把我，一次次吹向一棵草的身边
在后山，有万亩宁静守护着我们

生命辞

出走半生。麻雀退还暮色里的积蓄，群山渐归黑夜
梧桐还在告慰先知。阳光太重，枯叶交付一生

秋风篡改天子诏书。野草青青，已无实权可控
万物皆衰。一只甲虫背驮爱子赶路，雪随后就到

我站在山顶俯瞰西村。夕阳里有多余的时间
可让这个十三口人的村子，慢慢老去

后来辞

我捻灭台灯里叙述夜色的那部分
一轮明月从窗户边溢出来，它在窗外
静候属于夜晚的那部分已多时。我不清楚
为何飞蛾在奔扑死亡道路上如此坚定
会不会是，我亏欠它们的月光太多。以至于后来
在西屋窗前，我想起合上烛光的屋子里
常常会看到一位年迈的母亲，被月光搀扶的
针线。就像此刻我坐在城市的月光下
在安眠药供养身体的夜色里，有一位老人
至今还留在西村。夜不亮灯的月光
是我亏欠她的针线

咖啡辞

几声鸟鸣从夜色里慢慢走出来。煮水的茶壶
将昨夜一只猫扒门的声音，带进咖啡杯里

我不放糖，昨夜的星星足够溶解咖啡的苦涩
有时候我放一些雨水，那是因为我又想起了你

想到你喜欢喝咖啡，我一直保持着一个习惯
因为只有这样，生活才没有少了什么

如果你还在人间，我会一直冲咖啡给你喝
然后，去屋后看看瓜果、蔬菜。毕竟大黄狗

半夜叫得很凶。回去时，我喜欢带点新鲜的蔬菜
你做饭时，我看看书，遇到好的句子

我会大声读给你听。你不必应答
你的微笑就是我想要的，最安稳的日子

离别辞

或许月光迟缓。玉米垛上一只猫翻入矮墙
落地时，月光扶了它一下。它也老了

路过老李的羊群时，大黄狗起身跟着我
它送我到西山坡顶时，知道我路还长着呢

反身折回山下。剩下的路，让西村的月亮送吧
尽管，月光迟缓。我翻山而下时，回头依旧能看到

村子里一束微弱的光，支撑着快要坍塌的老墙
她还站在大门口

夜色辞

反刍了一天阳光的黄牛，此刻开始慢慢消化夜色
在羊群后，一只小羊从山坡上跌跌撞撞地走下来

几个玩炮仗的孩子，爬到树顶的鸟巢下
轻轻塞进去一个炮仗。点燃了……

“砰”的一声！惊起的灰喜鹊，是村子里
最后暗下去的夜色

第二辑

南　方

向南走。我是藏不下雪花的人
路上遇见撑伞的女子，我愿留下

你酒后微红的脸颊，是南方冬天的黄昏
而我情至此，是你咖啡杯里慢慢溶化的方糖

时 光

那时候，我们有太多的眼泪
却没有煮好一壶茶。以至于现在
我们退到杯底，交出生前的时光
你在日落前读我的诗，你在天黑后流眼泪
泛黄的白纸是我守护的黄昏
至今不能在，夜色中等到你回来

故地重游

在遇到丹河之前。我先遇到，风从你眼里的水面走过
在遇到你之前。我先遇到，落叶被冻雨洗礼的荒凉
在遇到雨之前。我先遇到，田埂上跳步的灰喜鹊在寻找亲人
在遇到灰喜鹊之前。我先遇到，霜从露水里过滤出生活的真相
而我从巴马线一路驱车赶来。现在，在丹河岸边
只剩下我和这条河流，面面相觑

两只蚂蚁

杏花还在绽放的路上认领春天。田埂上
青草反复向羊群低头。你没有回来
在西掌洼干涸的河道上，石头和石头之间
两只蚂蚁坐在我们坐过的位置。一群麻雀
从它们头顶飞过，我看到它们慢慢
靠拢的身体，就像三年前
你轻轻依偎进我怀里

夜　色

四月。每一朵绽放的花
都会撑开一小片月光，磨河水流无声
像你远去的身影。在去往后山的山路上
月光打在我的身上，便会多出一小块夜色
你说：想你的时候，就想想你的裸体
我的夜色里，有你身体上的月光
在这个夜晚，显得格外空旷

白云之上

山花在西掌洼的峡谷蔓延。鸟鸣从屋檐下溢出来
扎芽的谷粒，还在反复辨认这片古老的土地
风从杯口吹到杯底，折回来吹了我一下才消失
天空有白云游荡。就像羊群啃着青草缓缓移向山顶
如果恰好此时，我睡着了。路过的陌生人
请别喊醒我。我牵挂的人在白云之上

原来如此

潺潺的水流声里，静默的河流
在西山的背部拐了个大弯。我问你
为何笑？如果太阳不会再升起
你的笑会不会是西村的月色，遗落在
岸边的荒草丛中。这条一再收缩的河流
将继续走下去，也会在你的背部轻轻拐个弯
而你弯腰汲水的样子，就像这条河流暮年的迟缓

天亮以后

阳光没有剥开云层，壁炉里走失的森林
重新回到铁茶壶的水垢里。我没有过多追问
是谁的脚印，为深夜的大雪指了一条回家的路
他们终将回到一粒麦子的故乡，几声鸟鸣
重新为寒冷排序。它们在人间始终保持沉默
始终保持应有的警惕。人类怎么来的
必将怎么回去。而我转身的时候
才看清雪地里那排浅浅的脚印，重新又
回到麦子饱满的孤独里

我没有

西村的瓦砾里有荒草的春天，我没有
堂屋的廊檐下一只猫折回阳光里，我没有

我没有从西山来来回回的寒风里带回我自己
我也没有从土地庙的石阶上找回我想见的那个人

有什么想说的，就让风替我说吧
有时候想安静了，就让一炷香续满夜色
我在地上的肉身抵达不到你在地下的灵魂

我能给你的

想了很久。我能给你的
无非是在崇安寺里，长跪不起
无非是凌晨里，电视开着灯亮着
无非是偶然间，喊你几声
突然间想了起来
你已不在人间

鹅卵石

这块鹅卵石，是我从沁河岸边带回来的
放在窗台的花盆里。就像把一条河流
安放在这小小的村子里。这是我唯一
能做的：安抚一条受伤的河流

近 日

我拜了佛。许下心愿，忘掉你。如果不能
我就带发修行。白天上班，晚上念经，忘掉你
如果不能。我就剃度出家，点上戒疤，披起袈裟
忘掉你。如果不能，就让我坐化成佛前的一盏灯吧
等你来将我轻轻吹灭

独　处

让鸟鸣慢点落进西村升起的炊烟里。山谷空空
它们不用着急老去。杯子里展开的铁观音
让它们慢点落进台灯遗漏的黑暗里。屋子空空
我用不了那么多的灯光。一个人独处的时候
我愿是书桌上躺着的按钮，随时可把这个夜晚熄灭

我 们

这场雨是我们放养的黑暗
累的时候，就停下来。让阳光晒晒
落在麻雀的高处。我们读不懂的天空
有几次掉下来，砸痛这人世间
一朵放弃盛开的花，让我们领悟
土地疼的时候，一些人走散了
在小草卑微的内心。有时候
需要一只斑鸠短暂的停留
——告诉春天
萤火虫的光是为夜晚的黑
提心吊胆地准备着
——我们笑着。看不出
彼此，流过泪的脸

第三辑

孤独

落在晾衣绳上的燕子瞅瞅母亲
她正坐在大门口的石头上
磕着鞋里的土。假装没有看到燕子
我知道，那是她在害怕
如果，视线撞在一起
她担心会惊走一个唠嗑的人

乡间路

杂草丰茂，已遮掩小道
我趟草行走。须轻点

你看。草丛里
一只小小的甲虫，也在赶路

如果我脚步重点，带给它灾难
我担心等它回家的母亲，会因此而陷入绝望

一小片月光

月亮正圆。我在院子里乘凉
一只蚊子悄无声息地落在我的手臂上

而我纹丝不动。因为我知道
只要我轻轻一动，定会把这一小片月光给弄疼了

茶

不会用太长的时间
一座山，在杯子里展开

父亲的江山
放在一杯茶水里

一粒种子的破土而出
或者，一棵谷苗的弯腰
正好能够掐在他的一生里

佛子山

佛子山的阳光，还是阳光
诗人、画家的笔是动不了的

父亲甩了甩牛鞭。犁新翻出的田地
便接住了，佛子山
还有，佛子山的阳光

一树杏花

一树的杏花，开了
足够对整个春天，撒娇
对父亲喊出，锄头上的亮光

足够对诗人的笔尖，抒情
对死亡唤醒，土壤里的重生

哦，那坟头滋养起来的小花，小草
每一棵，每一朵
都恰好吻合了，你走过的足迹

老屋记

蜘蛛在老屋的屋棚上，结了很多的网
大大小小的网，多像僧人坐禅时的蒲团
它们也曾在此，诵经修行。与母亲为伴
而如今，蛛网残损。挂满灰尘……

花开一路

花开一路，我带不走你们。在西山
我从老松林的腰线下来，带不走黄昏
一只猫从廊沿下转入屋后，风在它的身体上
形成细小的漩涡。我们互相看看
错身而行。谁也没有带走谁的夜色

春 天

午夜。我放了茶，茶壶里蓄满水。客厅的白炽灯
逼退夜色里最软弱的那部分。孩子醒来的第二次
我又将他轻轻哄睡。此刻，我为一壶茶水
准备了足够宽阔的安静。凌晨，一点四十分
我清楚地看见缓缓舒展的茶叶，将握紧的春天慢慢松开

蝉 声

密林深处有蝉声。我在外
我往林子深处走。蝉声在外

我跟蝉保持的距离，是棋山的美
如果挨得太近，我们都会有危机感

几只麻雀

在市场的饭店门外
几只麻雀围在下水道的井盖上觅食
我轻轻从它们身边走过
有几只飞走了。有几只还在啄食
我想：留下来的那些麻雀，一定是认识我的
它们是我在农村的邻居，随我一起搬到了城里
可是，在铁路边的出租屋里
我们却没能给乡下的父母，挤出一张床

下 午

卖乌龟的人，也卖小白兔
这荒唐的人间，为何不卖自己

在街转角的美容店，老板娘卖自己
比一只乌龟的价格便宜。我犹豫了一会儿

狠下心。买走了那只乌龟
因为它们比人，更遵守自然法则

拜　佛

我清晨带着孩子在山村的小路上散步
在山神庙前的石盘上，一群蚂蚁吸引着他
那些蚂蚁朝着进庙的台阶，有序地爬行
孩子看着入迷。突然问我，它们要去哪里
我想了想说：它们要到庙里拜佛

麻 雀

哄孩子午睡后。我起身，走出院外
一棵棵槐树正安抚着夏季的炎热
有几只麻雀，从叶缝间悄悄回到地面
靠近老人。此刻她吃过午饭的空碗
残留的米粒，拦截了这些鸟奔波的劳累
它们的脚步很轻，它们啄食的喙很轻
因为它们知道，只有保持足够的轻
才不会惊醒，在树下打盹的人

逻辑学

几只麻雀叫醒了这座城市。六点二十五分
我抱着孩子，正穿过林立的小区楼。去往早市
麻雀的叫声好像把我们带到乡间的小树林里
我突然问起孩子：这是什么在叫啊
他玩着手里的玩具汽车，那么认真地说：小鸟
——在哪儿叫啊？他还是那么认真地回答道：树上
——树在哪儿啊？他才抬起头，循着声音从楼底望向高空
——树哪儿去了？他疑惑地转过头问我时，看到路边
一棵低矮的灌木。可是那灌木上却没有麻雀
此刻他抬头向高处看看，又低头看看灌木
一句话也不说了。他似乎开始怀疑自己生活的世界

从未命名

我们把带给你的食物，叫祭品
我们把围起来的土堆，叫坟地
我们把刻有你名字的石头，叫墓碑
你死后。我们重新命名了这一切
像你生前一样。仿佛你在地下还活着
可是，坟头挤出来的那些花儿啊
我们从未敢命名为花圈。因为
那些绽放的小花里，有一朵定是你
我们怎能让一个生命，经历两次死亡的痛苦

瓷 碗

几只麻雀从碗沿的豁口走出来回到树上
有时候，遗漏的阳光会被一棵
返青的野草重新救活

村口小树林的荒草丛里，一只外出觅食的甲虫
步履匆匆地回到家中。而它失踪的孩子
被碗中残留的水渍悄悄记录下一个消失的家姓

阳光沿着碗沿爬到碗底
再沿着碗底爬到碗沿。一只丢弃的瓷碗
还在替它的主人继续喂养人间

我的乳名

灯光未走远，背影未加深。你转身
我依旧会从地图上掉下来

为了爱你。我用年轻的身体
养育了一颗衰老的心。你一转身

西村就老了。母亲，你一转身
故乡已找不到唤我乳名的人

而我的乳名，从此就是
地图上消失的村庄

第四辑

安眠药

书桌上的安眠药，让我安心。天亮以后
书桌上半杯凉水，它们藏着我的夜晚

一小片药，孕育着我的梦。在天亮以后
有大把的时间。大把的时间啊，在十平方米的小屋里
游荡。落在剥落的墙皮上，落在褪色的照片上

一小片药，落在镜子里，我眼角的鱼尾纹上
我再拿不出，新的自己，放回到镜中

我所钟爱的

我所钟爱的，满山的野菊可入药。瘦小的花朵
有来自大地的呼吸，可为蜜蜂的停留隐退顾忌

草底有昆虫扩充的领地。战争波及到的阳光
我所钟爱的，荆棘丛中的麻雀可对出暗语。此去

若能再相遇。我愿那时我老到，只能依附着全山草木
眺望远方。我所钟爱的，崖柏已长成一副好的棺木

余生清白

我独爱着树叶缝合的风。门墩上
我独爱着蚂蚁奔跑的孤寂。几丛杂草长进院子
我独爱着它们幽深时的模样。幸好我来时带着雨

雨水里有一个春天。有我倔强的本性
有我一动身就来临的夜晚。昏暗的灯光里
有我关心的女人提鞋蹚过河流

河流的水可凉过脚面。我爱这冰凉的河水
是多年以后，我们回到地下的体温

今夜的雨

今夜的雨。姐姐，摔倒在桌子上的酒杯
要依靠雨水落在树叶上的滴答声呼吸

每一滴掉落的雨水里，都有一个尘世的你
而我是唯一靠在窗户的，摔倒的酒杯

姐姐。七佛山的雨，终究还是下了过来
西咪替丁正在努力缓解着。缓解着

一只胃。它的疼，是否要全部抵达人间
而那时酒杯里，可安抚夏季里丰盈的蛙鸣

可是姐姐，今夜的雨。凌晨三点有辽阔的痛
是来自姐姐。一杯摇晃的酒倾尽了夜色的残渍

海　螺

从沙滩上回来的人都会带回一个海螺
仿佛只有这样才能把大海带回来

我曾贴耳在一只海螺上倾听海水的声音
我什么也没有听到。不骗你，我什么也没听到

如果非要说听到点什么
我没有听到关于大海的一切。我只是听到

听到一个玻璃瓶打碎的声音。从邻居家传来
那时我正把一只海螺贴在耳朵上辨认大海的声音

后来呢。后来我知道一瓶农药跟海螺没有关系
倒是一个人的死，像极了海螺里的大海
寂静。无声

荆条花

阳光走到西掌洼的荆条花上，慢了下来
有时候，是老李家的羊群。有时候，是我

有时候，赶来的蜜蜂会为每一朵荆条花诵一遍经
有时候，会被我听到。谁不是活着活着就老了

羊群依旧在西掌洼的地塄上低头吃草
有时候，是白云。有时候，我看到
那些落满地的荆条花，会在羊群的鼻息里翻个身

一个人的孤独

我的腹地有寒冷的风，在咖啡杯里取暖
瓷勺在方糖的漩涡里找到归属。多么美好啊

我的宇宙有无法探索的黑洞，来自你的眼睛
请陌生人熄灭心中的火焰。落地窗外的雪

扑向夜晚。她每一次动情的指缝间
都带着灯火。那是你的野心，你全部的爱

那是梦。那是雪地里，通向前方的脚印
为何这雪地里的脚印那么深？因为
我内心深处藏着一个人

恩 赐

近日，风暴形成漩涡。远山在湖水里舍弃身份
我重叠的影子。有一个交给这荡漾的湖水

鸟鸣点水而过。我束紧下午的热咖啡。独自游荡
有时候，我用一粒小石子。破坏掉另一个我

水面不断修复陌生的影子
我是从一片，落在水中的叶子下
看到未来的我。有一种安静是流水恩赐给我的永恒

黄 昏

书房里有三叶草，和放在桌子上把玩的核桃
它们替我爱着丹河的水
墨水瓶里有保留的夜色，和泡在茶杯里的武夷山
它们从未被我取出来

所以，我越来越贪恋人间
这些美好的事物
我有它们不能言说的秘密
它们有我说不出的黄昏

11月6日

雨一夜未退。客厅的茶杯里，茉莉花续满风声
雪没有到来。它还在天空以外的天空赶路

我靠阳台坐下。等一场雪，远比等一个人美好
梧桐叶依旧在飘零。一场雪，会让它们回到故乡

一场雪，会让我回到我的文字里。会让一个
我爱的人，赶在雪来之前回到家中

只是，这场雪还在天空以外的天空
我等的人啊，迟迟不来

离 开

我没有从滴水观音绽放的花朵里，再次取出你
我深爱的人，磨河水也没有勇气将你带回到岸边

可我依旧不敢对着空荡荡的镜子，说出一粒药
已治愈不了失眠的春天，这反复无常的生命

如果明天我决定要离开，我一定也会还给
这条河流平静。多么美好的尘世

仿佛谁也不曾来过

寒露为霜

麻雀避开镰茬。你中意的秋，是撒在地里的米粒
那些遗落的小米粒啊，会在你的身体里再长成一个春天

这几日，我们紧赶节令。这几日，寒露为霜
那些谷地里觅食的麻雀啊。你们羽翼丰满，你们真年轻

你们看，你们看啊！跪在谷地里捡谷穗的母亲
你们挨得那么近。你们看到了吗？她褪色的头巾下

已摁不住鬓角溢出来的白霜，你们看到了吗

风雪夜

窗外有残损的秋色，被白瓷杯里的咖啡不断加深
十二月的湖水里，有未知的雪花仍在继续结冰

山雀鸣叫的声音，被缓缓而来的寒夜悄悄融化着
父亲从山里带来的野兔，屋子里微弱的灯光

是它尚存的体温。今夜，风雪交加
而我对赶路的它们，回去是没有信心的

第五辑

与春天书

并非几声鸟鸣，就会叫醒一朵花
整个春天。并非一朵花的绽放
就会燃烧起一条河，扩张的欲望
并非生锈的锄头，还在隐藏一些土壤
整个田地。并非一些土壤的翻新
就会呈现一片绿茵，禾苗的长势
而这一切，需要父亲把整个春天种下

镜 头

在棋源广场。在深秋带霜的早晨
在城市的清洁车，从黑夜的边缘
缓缓离开。我看清楚
在毛泽东像下。在蓝皮三轮车旁跺脚
在满车的蔬菜，被路过的狗
汪汪叫着阻挡的时候。我看清楚
那个扯着嗓子吆喝卖菜的男人
——我的父亲

一棵弯腰的谷子

我完全做不到，用一个词语
精准地呈现出秋天
——成熟。收获。衰老。凄凉
呈现出，打谷场
那么，就让我把整个秋天
安顿好。安顿在一粒谷子的身体里
把父亲双膝跪地，捡谷穗
同样安顿在一粒谷子的身体里
因为这样，我恰好可以很清楚地看到
秋天的眼窝处，一棵弯腰的谷子

半个身子探进垃圾桶里

真的。还想让我再说点什么
在垃圾桶旁，他坐下
我就想安静地看着
他吸着我递过去的烟
眼睛看向黄昏里
小镇的远方
看向那么多垃圾桶
——他的身子吃力地探进去
再完好无损地抽回来
让我心安

买化肥

只为了几亩薄田，缩衣俭食
把生命里多余的重量，省下来
锄头，犁铧，敲打自己的江山
这还不足以满足，撑破土壤的种子
泛出葱葱绿意；不足以满足
父亲对每一棵谷苗做出的精准预算
买化肥。我常常发现，父亲兜里的钱
总是那样准确——不多不少
刚好够自己，所买物品的价格
就像每一棵谷苗的弯腰程度
恰好能击中父亲渐渐佝偻的一生

这个春天

西山的荒草正在长成春天的模样。父亲不会
曾经，他的黄瓷碗里养育了那么多的鸟鸣
如今在西咪替丁的药效下，才得以修复
人啊，总是慢慢地把自己放进土地里
然后在磨亮的锄头上，悄悄生出锈迹

苣荬菜

发霉的谷子。在午后知了的叫声中沦陷
这一年，磨河水库的水把阳光洗得无处藏身
我用几块弱小的石头，挡住了一条河流的悲伤
因此，母亲割猪草的镰刀淌过水面时。我怒喊
她破坏了一洼水的清净。我开始讨厌苣荬菜
可那时，我还不懂得生活的拮据。如今
它是我餐桌上最贫瘠的旧事

风就这样吹着

并非要等到黄昏
羊已归圈，鸟已栖息
几只猫卧进我的身体里
几声狗叫从村口收缩到火炉旁
风才开始吹。从一棵草
弯曲的腰部开始吹过
平原，山丘，河流，房屋
从一颗星星的肋骨里
开始还原一切虚构的真相
——我等不到
我也无法安置好，一朵雪花
过于洁白的外表
风就这样吹过
这个让我提心吊胆的冬季

父　亲

还是别说了。别说起我的父亲了
要说，就说说他的土地，粮食和蔬菜
说说他在深秋的夜里，辗转无眠

说说他的少言寡语。树叶依然一片一片地掉下来
说说他的三轮车，和满车的蔬菜，一样孤独
说说凌晨四点。他守在崇安寺庙外的街道上卖菜

说说他守着的街道。此刻，空荡荡的
说说他手中劣质的香烟。同样能带给他温暖
再说说他的白发吧。就像一粒粒霜，刚好能够
陷在我眼泪的防线上

唱片机

一台老式唱片机，卡在三十年前
父亲的锄头，就像那根在胶片上说话
的针。对着五亩耕田，说着
说着，三十年就过去了

三十年，庄稼似乎只熟了一茬
新翻起的地垄，刚要动用唱片机的
绿色。而我发现，父亲有了
那根针特有的弯度

而那根针还在胶片上行走，圆形轨迹
越来越小。当声音停下，可以再放新的
胶片。而父亲的一生，却要一路
走下去。直到泥土里

麻绳记

阳光还未触碰西山，我来得及时。山顶的
池塘，夜晚还躲在蛙声里，正缓缓退出水草
的怀抱。我来得及时，可以接过一根水草的
臂弯。继续拥抱一洼水的宁静，这水的宁静里
有父亲俯身将麻秆往水的深处推。有父亲
搬着石块蹚水压下漂起的麻秆。十几年
岸边的石头仿佛一直就这样摁着，一个人
全部的生活。从西山走下来，再扛一捆
灰菜喂猪。到屋后的谷地摘谷穗、收玉米
成熟的庄稼，瞬间让整个山脊变得荒凉
白露之后。他就在院子里，将泡好的麻秆
晒干。晒得麻秆轻轻一折，就噼啪地响
我爱听这样的声音，像鞭炮声。更像
在炉火上，烤一把黄豆发出的声响。那种
美味让我怀念。父亲就坐在火炉旁，剥麻秆
偶尔他也会让我，一手捏着麻皮。而他在
另一边，两只手使劲搓。仿佛麻皮里还
藏着西山池塘里的水。这水足可以，拧成
一根线，要穿过细小的针眼。仿佛整个
冬季的寒冷，被他这样一直搓着就暖和了

可是此刻，我站在西山顶上。面对干涸
的池塘，冷风吹来。那些动荡的草啊
就像父亲现在的双手。拿什么东西
都在颤抖的手，有西村老去的模样

野菊花

放养天空的星星，也放养夜色
野菊有说不出的荒凉，温暖辽阔
风无法屈膝于它们。这山地里的人间
而我停留越久，远去的亲人就越多
可是我也狂热地爱过。就像你此刻的娇艳
也曾是蜜蜂许诺过的誓言。可是现在
你我皆一样。你独自绽放，我独自孤老
而暮色下，我想陪你说说话。你不必出声
让那些爬满你坟头的野菊，替你作答
我也说给它们听。我不跪你，这尘世间
我只是站累了，就想坐你旁边的石头上
简单地歇一歇。这几年，我娶了妻
妻子邻村的，小我几岁。什么事我都随她
有个三岁的儿子，分外调皮。这几年
我一直在煤矿做活。跟你刚认识我那会儿一样
也曾想离开煤矿。可我还是不太喜欢改变
怕你因此而不认识我。这几年，云谷图水库
已经严重缺水。每次路过都会心生悲凉
哎！事物总是在慢慢改变，回忆却未曾变过
我要回去了，佳。儿子太顽皮，妻子

有点管不住。只有我回去摆起脸
孩子才收敛点。而妻子总是说我
从认识我到结婚以后，就没有见我笑过
她哪里会知道，我的笑都留在了这山地里
你看那些野菊花，它们开得多奔放

打谷记

有麻雀，乌鸦，灰喜鹊。在院子里踱步
有洁白的霜，薄薄的一层。铺在院子里
有一只猫，躲开寒冷。卧在走廊下取暖
有我，站在玻璃窗前。看着窗外的词语
我们共同构成，一个完整的深秋的早晨
可是我知道。它们一定跟我一样，看到
昨天在院子里，母亲握着木棍，捶谷穗
一木棍，一木棍地捶在谷穗瘦弱的身上
疼得那些小小的米粒啊，在院子里乱跑
有的小米粒躲在走廊上。有的躲在窗台
有一些小米粒，躲进母亲花白的头发里
而我知道，它们躲得越高。母亲就越疼
整整一个下午。那些鸟啊，就落在树上
静静地看着。偶尔会用尖尖的喙，维护
一下羽毛的秩序。那么地灵活，和迅速
多像母亲年轻时做农活的手法。所以啊
那些鸟儿记住了，在太行山深深的山里
有一个叫西村的村子。记住了昨天下午
有一个蹒跚的老人在院子里打谷。谷粒
溅满了整个院子。所以，它们才大清早

冒着寒冷聚集在这里。只等轻轻开门的声音响起来，它们便迅速飞落到院墙外的枯树枝上。留下空空的院子，和一个拿着簸箕簸糠的老人……

第六辑

煤　矿

我不反对，在这里活着的人
也不反对在这里死去的人
因为这里，离天空很远
离地下很近

矿　工

除了黑乎乎的煤。我们
还能从地下深处再掏出什么
可是，埋在地下深处的
除了煤，还有活着的我们

风很大

井口的风很大。因为我们
在地下活着要有足够的空气
可是，活在地下的人
都已经死了

自救器

这小小的自救器，像极了骨灰盒
活着的时候，我总是带着它
在井下穿行。死后
它却把我狠狠地摁在里面

下　井

我们排起长长的队伍，像一条长长的巷道
有时候，我们拥挤在一起就像一堆煤

不管怎样比喻，我们都是背光而行的人

巷 道

每向前走一步，黑暗就多一寸
我们要挖多久，才能挖到亮光

名 字

在地下，我从不敢大声喊你们的名字
我害怕这黑乎乎的巷道悄悄地记住你们

因为我的亲人，就是被这黑暗给扯住的
至今，还没有回家

矿 难

总有一些人，会忘记来时的路
所以他们，永远地留在了黑暗里
可是，也有一些人明明记得回去的路
还是留在了黑暗里

沁河的水

我们每天都在用沁河的水洗澡
可怎么就洗不干净一个人的灵魂

井　下

我们聊到工资，聊到女人
聊到未来。当我们聊到矿难的时候
彼此都沉默着，仿佛我们
从来没有活过

盘区变电所

在这里，除了老鼠活着。就是我了
我分干粮给它们。看着它们认真享用

两年了。它们从来没有像今天这样
扒开我的手指，在我的指缝间寻找食物

我坐在回风口

西二回通往变电所的回风口。风很小
我靠着煤帮坐下，什么也不想

我就想看着远方，一束灯光打进黑暗里
两千多米长的巷道，这光显得太小了

理 想

他说：还清房贷，我就不干煤矿了
他说：存上十万块钱，我就不干煤矿了
他说：给孩子攒上结婚钱，我就不干煤矿了
……
他们都这样说，一心想着离开煤矿
十多年过去了。在六百米深的地下，他们
依然被黑乎乎的巷道紧紧地咬住

故　乡

在泵站，跟皮带司机聊天
我们都在想，现在井下巷道的位置
在地面走到哪里了

东翼走到卧虎庄了。那会儿我才二十岁
西翼现在到了端氏镇。我三十岁了
再过几年，我觉得，我们就能从井下
回到故乡。我们突然大笑着，眼里都挤出了泪珠

爸爸，别下井

“爸爸，别抽烟
爸爸，别喝酒”

两岁的儿子在视频里对我说
好吧。这些我都能答应你

“爸爸，别下井”

而我却半天不能回答你
因为，我戒不掉生存

在坪上

1

让沁河像安抚沙滩一样安抚
这里的矿工吧。让这里的每一个人
都学会水的轻柔。因为他们
是以一粒沙子内心的坚韧
交还了一条河流的守护

2

我们每天都在一块黑乎乎的煤里
练习一朵花的盛开。我们每天
都在六百米深的地下，小心翼翼地
活着。就像每一朵花的绽放
都相同地得到阳光的青睐
因为，我们也从每一块煤里
得到过相同的祝福

3

在坪上的每一棵草都毫无怨言
把体内的青，一点一点地交还给秋天
就好像每一个矿工，把身体里的光明
一寸一寸地交还给向前延伸的巷道

4

很难从一块炭里分辨出黑夜和白天
同样，你很难从刚出矿洞的人群里
分辨出哪个是自己。因为
每一块煤下面都藏着一样的人
因为，我们的尊严
也藏在里面

5

放下矿灯的同时，也就放下了
对一块炭内心火焰的探索
在公寓楼，放下疲惫的身躯
大多数的时候，我们
更愿意把一块煤全部的黑暗
揽入怀中。我们
把火焰留在尘世间

6

几只麻雀在草坪上觅食。还有几只
落在调度楼“指挥中心”的大字上
注视着沁河。也许更远
一些人安静地走过。还有一些
正在矿井下忙碌。它们也许知道
也许不知道

煤矿工人的一天

七点刚过，我们在一根烟上做了祷告
走向井口。而此刻，我想起家中熟睡的孩子
他的梦依旧还是那么长。八点半的时候
采煤机发出轰鸣声，黑暗将会在此多出两米
而这时在西村，母亲哮喘病正在发作
舒利迭的药效一再推迟。十点钟的时候
工作面顶板下沉，液压支架将我们替换出来
而卖菜的父亲，此时正蹬着三轮车回家
车子颠簸的响声比风声还大。刚到十二点时
我们重新被带回到工作面，怀中的烧饼还没焐热
而这时喜林坐在村子的槐树下，裤腿挽了老高
一锅打翻的开水也没烫疼她。两点的时候
瓦斯报警仪咳嗽了几声，我们依旧把煤送到皮带上
而在地面的监测系统，瞬间就把数据屏蔽了
似乎瓦斯高并不存在。四点多的时候，我们
把溜槽抬到巷道里，煤也需要一条通向人间的路
而此时谷地里，一群麻雀飞来。金黄的谷穗
弯腰接受洗礼。下午六点的时候，我们坐在
更衣房的长凳上，沉默来自六百米的地下
换衣服洗澡的时候，从怀里掉出来的
是西村升起的月亮

镜头里的透水事故

不得不说，这是一次成功的井下透水救援事故
被困七十二小时的三名矿工，成功返回人间
在此次救援中，该矿井动用五台高压水泵
临时接排水管三千多米。救援人员一百多人
领导亲临现场，奋战三个昼夜。这些冷血的数据
完美地转移了人们，对事故发生原因的深究
因为人命关天，因为生命大于一切。而在这个
仅仅用时一分三十秒的镜头里，我们看不到的是
三名矿工，在凌晨一点就已被救援队找到
临时安置在距离地面一百米的副井底等待
等到领导们开会完成布置，等到记者们全部到位
等到镜头拉到黑乎乎的井口上。最后等到的
才是他们：上午八点一刻，他们被救援队
急急忙忙抬出井口，抬进镜头里的救护车上
然后，我们会看到现场的人们在鼓掌、欢呼
一个激动人心的声音传来：历时七十二小时的
全力救援。目前，第一名矿工已成功救出来
从现场指挥人员那里了解到，十五分钟后
第二名和第三名矿工，也将顺利升井

一个煤矿工人的感想

我们的身体里是不是藏了太多的黑暗。所以
才把人间仅剩给我们的一点光明带入地下交换
我们的生命里是不是放不下太多的光明。所以
一盏矿灯在地下便给了我们足够多的亮光生存
有时候，我们也在想：什么时候离开煤矿啊
可我们清楚地知道，脱下这身工作服
我们就养活不起这个家

我们的这辈子是不是向每一块煤借来的。所以
今生的时光我们都在身不由己地偿还直到身骨颤抖
我们的亲人是不是也欠给光明一次黑暗。所以
他们的生前就已经把挂念托付到地下没日没夜
有时候，我也很高兴：孩子能叫爸爸了
可离开家的时间久了，再回去
他又得重新学习“爸爸”这个词语

我们的日子究竟是不是一块块煤堆积来的。所以
当我们把一座大山挖空的时候，为何我们所剩时日已经不多
我们的暮年是不是真的不需要煤的留恋，然而
当我们风烛残年还要把一颗像煤一样黑的药
嗑进身体里……

写给我的矿工兄弟们

01

白天，我们在矿洞里。晚上，我们在矿洞外
所以，我们的黑夜比白天多

02

我们选择了煤矿。但从来没有人告诉我们
我们也选择了死亡

03

我们从不知道，疼是什么。因为
我们从大山的身体里抠下的每块煤
大山从未喊过疼

04

我们的每一天，都在跟这个世界告别
所以，我们才会小心翼翼地活着

05

如果某天，我们也留在了矿洞里
大可不必悲伤。因为
我们欠这片土地的，总要归还

06

当别人问我多大年纪的时候
我就想到百米深的地下
再过几年，就能从井下回到我的故乡了

07

下班了，就先给家人打个电话吧
因为，等待比死亡更可怕

08

如果，我们有来世是不会选择煤矿的
可是我们没有。我们只有今生
所以我们选择了像煤一样活着

09

给妻子和孩子写一句话吧
妻子：好好带孩子

孩子：好好学习，一定不要下煤矿

10

天气好的时候，我们就到外面走走
晒晒太阳。可是，天气好的时候
我们不是在井下
就是在睡觉

11

我们的身体里没有多余的部分。可是
老王，你为什么把自己的一条腿
留在了矿洞里

12

佛说：我们在井上是人
在井下是鬼

13

我们的一生，在黑暗里活着
在黑暗里死去。所以，我们没有明天

14

善待一切吧。人间，天堂和地狱

我们生前已经去了两个地方，人间和地狱
死后，我们必会去天堂

15

煤矿给了我们一种生活方式
我们给了煤矿一生

16

那些选择煤矿工的女人，你们也选择了孤独
我们能忍受煤矿的孤独
而你们未必能忍受人世的孤独

17

有钱能使鬼拉磨
所以，我们一直在拉磨

18

我们从井口看到的天空
就是我们的世界

第七辑

回故乡

身临山顶，我权倾万物。夕阳如风，从未能回身
井水返潮仍无法溢出多雨的黄昏
新草青青，可超度一只母牛分娩的疼
山坡上有多少石头，就有多少亡故亲人的墓碑
他们用锅底的灰，养育了田埂间的虫鸣
而我流离失所，至今没敢交出底细

物哀志

我身体上有磨河水流尽的痕迹。候鸟飞离
我有干裂的沙土一碰就破碎的版图。芦苇摇曳
我有恪守雨季的蛙类在泥土里酝酿的无助。卵石茫茫
我从不敢轻易翻动它们。因为在雨水还未到来之际
我不能惊动石块下的众生。让它们误认为我就是那场雨
尽管磨河水已断流数月，那些青蛙已将它们的栖息之所
变为墓地，而我还是不能。我不能对这些鹅卵石不恭
因为它们，是为曾经富饶了这条河流的苍生立的无字碑

会疼的时间

我勾勒的局部，一只蚂蚁从石头高处摔下来
如果看得足够仔细。那只蚂蚁并没有掉在地上
美好的想象有时候是一种伤害。我不知道它该落在哪里
一棵草，一片叶子。或者河流，和云彩
落在哪里都觉得会摔疼西山的子民。所以
我决定，就把它留在时间以外。顺应天命
总有一天，它会弄疼时间

山神庙

路过山神庙。我就不停下磕头了
……那些野草，在庙门外已经跪了很久
没有谁过来扶它们一把。这个村子
死去的人都会来这里。所以庙外的小路
已经被它们挤得看不见。此刻，我就站在
这些野草中间，看见有那么一棵草匍匐在路面上
怎么扶都扶不起来……如今，我也将失去一次
然而，这次是故乡

西村密事

阳光从窗台移到桌子的茶缸里。我合上盖子
掐灭蜡烛上的火势。夜晚的深只有
泡在杯子里的苦黄芩知道。老李家的大黑狗
叫声困在土地庙的荒草里。有时候，它的叫声
困在我的茶杯里。我从不告诉老李
从工地的搅拌机里，拉出他儿子的时候
西村落日映红了整个村子。而那时
在下山的路上，老李赶着羊群
大黑狗扯着他的裤腿，转来转去
他们依旧在山坡上尽情地欢闹

村子里的屠宰场

雨水一再推迟。布谷鸟嗓子里藏着沙哑的雷声
在村口的老槐树上，每一片回归枝头的叶子
都在来时的路上放下悲凉。也许你知道
也许你不知道，也许它们那么认真地绿着
会让你忘了。这里曾经是一个绝望之地

夜里，我听到布谷鸟的叫声

没有什么理由，让这个夜晚失眠
我想了，又想。雨停了下来
一棵棵破土而出的谷苗
是布谷鸟急传的诏书。深夜
抵达。同时抵达的，还有
邻家老张的头痛病
——他的疼，将夜的黑
一次次带到身体里的深处
哦！这片土地
为一棵谷苗抒情
也为一个人立碑

抬棺材的人

哭葬队伍的后面，八个男劳力
抬着一口棺材。棺材里躺着的人
曾经也这样，将他们的亲人
送到墓地。从家到墓地
他们的这段路程，又会是谁
我想了想自己，又看了看
在灵棚里捡鞭炮玩的孩子们

温顺的土地

母亲膝盖骨的磨损越来越严重。我无法体会
这骨骼里的痛。埋在土地里，有多深
在这大片长满荒草的谷地，她只能跪在谷苗中拔草
从山脚下看到半山腰。我能体会到的是，她对这片土地
越来越温顺。而我还未懂事的孩子，远远地指向母亲
对我说：爸爸，秦爷爷家的羊，跑咱地里了

回到西村

我爱屋后大片荒凉的土地，和那些荒芜的野草
爱那些野草中琐碎的花，它们替我爱着土地里的人
我爱那只从它们身上踏过去的猫，三个月大的时候
它的母亲夜里出去就没有再回来。现在，它长得真像
它的母亲。看到我的时候，便快速躲进荒草丛中
如果是它的母亲。定会朝我走来，在我脚下蹭来蹭去
“喵，喵，喵”地说很多故人已去它倍感孤独的话

梦的物像

我做的梦，有动荡的春色。梨树下，有蚂蚁分割的领地
一头牛牵绊的绳索，有老李攒下的积蓄。尽管乌云蒙蒙
牛棚塌陷。春天拿不出过多的雨水，淘洗缸里的米

狸猫厌倦了荒诞的口粮。它从有风的北边，走进河流的漩涡里
我从不翻阅。记忆是经不起阅读的影子，缩在夜的软肋上
母亲是灶台上，最后一根将要燃烧的柴火。锅里有她翻滚的一生

星光无法掉进我的梦里。残留的烟，点燃凌晨的夜色
我描述的镜头，在城市的骨骼里有断裂的声响。还好明天
我只买了一张单程车票。有来无回的人生，让西山的草木变得深情

写给母亲

我们今天不谈农事，可好
——土地给予你的一切，你也必将
把这一切还给土地。无法选择
时间也不会太多。可我不敢告诉你
哮喘，关节炎。它们一次次
探访你身体的硬度。让我害怕
让你也害怕。一粒药的价格
是一棵谷苗，供养不起的底线
仅仅因为如此，你一次
又一次，把骨骼里的疼
往土地的深处带。事已至此
我们今天不必再说起
——不必再说起这些事
母亲，母亲

第八辑

西掌洼

月光从叶子上滑下来，老李的旱烟亮了一下
你问我后来呢？西掌洼的谷苗频频点头
旱烟在老李的鞋帮上磕得很响，惊走了月亮

三 月

这八百里加急密书中，有雪。落在小镇就成了雨
我撑伞从墙根下匆匆走过，带着风
阳光藏在枝头的雪里。还有一部分阳光
陪同雨水悄悄消失在地上。墙角
石头缝里新挤出的青草，是写在我病例单上的
——混合性通气中度障碍

读心术

太阳退到山后。亮起的路灯说出了村子的安静
柔软的雨水被大黑狗急急忙忙运送到家里
在火炉旁，它轻而易举就完成了对寒冷的审判
落在山村的细雨，正努力对路面亮出自己的底牌
六十多岁的光棍富贵，此刻挑着水滑倒了
他看看，四周无人。就没有破口大骂为自己找回尊严
回到家后，他养的大黑狗围着他转来转去。不离身
似乎能知道点儿什么

印象派

而我所见的河流。土壤干裂的皱纹，侵蚀掉水的年龄
鹅卵石是我坏掉的牙齿，随意扔在阳光的缺口里。
在它们中间，有更多细小动物的尸体。是河水残留的遗言
丹顶鹤纤细的腿，如一根拐杖。目光迟缓。像新缝上的补丁
这条曾经富饶的河流啊。现在是天空的泪槽
我们终于满足了，水退去后的好奇心。走到河中央
在宣纸上画下了整条河流。还有丰盈的水

我看见……

时间在催促。闪电里有多余的春天
可以让佛子山慢慢立完遗嘱。一些花还在演绎着
一个王朝的盛大。可它们从画家的笔下走出来
就没有再回到故乡。雨水里有落魄的书生
消失在清朝。在古陵小镇，我临高而望
这刚下地的种子里，有雷声的尾音
被收在父亲迟缓的暮年里

修 复

我的身体里流淌着时间。所以，我矫正着这片土地的归宿
一些开花的植物，修复着黄昏里的雨水。它们并没有等我到来
湿漉漉的山路维护着新的秩序。如果我死去
那些漂亮的蝴蝶，是否会有一只是我少年的模样

四月的来信

谷雨过后。天空里几朵乌云留有遗诏：山谷里空转的秃鹰，未能免俗
来来回回的风暴修剪着错乱的荆棘。父亲播种的玉米
正在整理断裂的时间。他拱背的身体，被秃鹰一次次瞄准
好吧！如果这大片的耕地准许。我愿将手中的猎枪脱膛
我愿将脚步留在这片土地里，妥协一生

氨茶碱

还请槐花，等等再走。春天的哮喘病，尚未复发
氨茶碱可重新为空气排序。我早备多时
药已凉至一场雨的身后。花香并没有如约引来蜜蜂
道路上限速的警示牌，陷入进退维谷的境地
一只布谷鸟沦陷于此。它目视着大片的荒地，却难以布道
后来，我将纯净水瓶置空。也仅仅只能收复漏风的喉咙

喉咙炎症

我与一盆花之间，有枯萎的断层。窗台上有我反对的衰老
雨水在窗外持有不同的意见。我无法驳回，山野到花盆之间的变故
我饮的茶水里，有多半的真实来自黄连的苦涩
它也曾努力修饰过春天。现在，它们一起仓促着召唤未醒来的夜色
我无能为力。面对着五月成熟的麦田，我仅仅只能让
发炎的喉咙，泡在父亲收割麦子时掉落

让我走吧

布谷鸟的喉咙里有动荡的风声，西掌洼的山地里
有生我的母亲。我信奉锅底的灰可养育万亩虫鸣
但我还是要走。磨河水拐过腰线的时候
河流上的浮冰已替我归还了水的眼泪。黎明
它早已为我准备好了远行的脚步，是我回家的路

淋 雨

细小的骨骼，有来自雨水的叙述
乌云的身体里，运送着急促的闪电
大片的耕地，还在酝酿一粒谷子的春天
父亲双手的老茧，早已为他的暮色
准备好了唱词。耕地机轰隆隆的声音
残留着雷声的喘息。在庙后地
只有父亲的身影是来自土地的呼吸

回 忆

天空在咖啡里交出夜色的浓厚，瓷勺下的漩涡
形成风暴。书桌上的灯光起伏在杯子的流水中
你的话里带着杏花的香味，一场冻雨让它们
弥留在尘世间。隆隆的火车声蜿蜒在屋子的空旷里
杏花，今夜我们好好说说话。雨水里的闪电
会迷失在草纸的空白处，我还在努力遇见自己

或许，明天

庙后地谷苗上的露珠，借用了母亲额头上的汗水
或许磨河没有想过。茶缸里有放不满的鸟鸣
明天会催它们还给大地。多么美好的人间
就这样悄悄老去。就这样，一个拄着拐杖的老人
悄悄看你们掉在这片土地上。或许，明天
我也会来到这片丰茂的谷地里，悄悄看一个人

在西村

天空慢慢拉起的眼睑，被落在电线上的
一排麻雀支撑着。它们一动不动望着
田埂上麦苗的远方。在堂屋廊檐石磩上
歇息的老王，指缝间轻轻摔下的烟灰
挡住了土地上赶路的蚂蚁。它们是老王
唯一的亲人。在回家的路途中，它们会带上
这一小撮烟灰，就像带着一小撮骨灰
把西村每一位孤寡老人都带回到先祖身边

越来越少的睡眠

沁河水的夜色，在昨天的咖啡杯里荡漾
昨天。越来越少的睡眠，留在杯底
越来越少的黑夜，被西山万亩桃花收养
西山。我的乳名是压在母亲头巾下的白发
喊我乳名最多的人，最先从信纸里老去
在庙后地的松林里，喊我回家的声音
至今没有落地。它随我追赶着一只觅食的松鼠

风 暴

三月的时候，土地紧握的拳头正在慢慢松开
红嘴龟养护的河流，依旧在山脚下缩水
母亲哮喘病带出的风声越来越大。这个春天
有人还在来的路上，有的人已经离开
在屋后，母亲新翻好的土地，正在静静等待
一粒粒种子的解药。而在这尘世，我只能等待
母亲喉咙里的风暴慢慢熄灭，别无选择

钥匙的复述

山梁上的风，来自新长出的那些野花、野草的呼吸。我也是吹向远方的风
耕地里撒下的种子，还没有打开土壤的锁。杏花已落满山坡
母亲挑了挑炉火里新添的木材。烟囱里的青烟，为天空配上了新的钥匙
黄牛卖走以后，牛棚里放满了农具。它们藏着母亲的春天
我跟在她身后，说起让她也搬往城里住。一把生锈的钥匙
断在了牛棚门上的锁孔里。母亲拒绝了我。她说地还没下完种子
我没有再强求。离去的时候，母亲在村口相送。她把风往骨骼的低处压
远远地回头看去，她多像那折断的钥匙。留在了故乡的锁孔里

第九辑

巡家村

1

以前几百口人，是一个巡家村
现在，九口人是一个巡家村

哪怕只有一个人。巡家村还是巡家村
如果没人了，巡家村就是一座山

2

我来巡家村。不为看山，不为看村。也不为
看你们。因为，我来时两手空空。我来时
并不知道，这个村子还有你们。还有人

3

我递烟给你。你接烟的手抖得厉害
这就是你的暮年。巡家村的暮色

4

你的屋内堆满了粮食。而你就挤在这些袋子中间
你死后，墓地里是不需要这些的。可能宽敞些

5

你说起儿子的事。你说起房子快要塌的事
你说政府都来好几趟了，还是没动静

我说：政府那边需要一个过程
其实我不知道，政府那边还需要什么

而我只是，不想让一个活着的人绝望

6

我们聊这些的时候
我看到头顶树枝上一只麻雀
就像一片枯叶一样，挂在枝头
而我害怕它，真的就这样掉下来

殡仪馆

孩子还小。此刻
他被手中棒棒糖的甜融化着

一个满脸疲惫的男人，托我照看一下他的孩子
便走向了医院里缴费的窗口

我半蹲下，笑着问孩子
——你的妈妈在哪儿啊

他拉起我的手。穿过手术室的走廊
转到医院病房的墙后面

——妈妈在这里。
爸爸说一会儿就带妈妈回家

我看到门口上方的长方形木匾上写着
——殡仪馆

三只碗

现在，仅剩一只碗
盛满了，她六十岁的骨骼
放在一日三餐的床上

另外的两只。一只扣在
她男人的坟头，十五年了
一只，被她的儿子，带出去
生死不明

之前，她从深山里，迁进村子时
带来两头牛，一群鸡，分了三亩田地
还有她的男人，和孩子
三只碗，满满的

起　晨

十一月，大巴士停在风的咳嗽声里
一些叶子的身体
像血一样，从风的嘴里吐出来
癌症晚期。同学在电话里说

雨在凌晨的睡眼里伪装
开起车灯，它们便掉进我的眼窝
雨刷器清除了一波
又一波

妻子迷糊中问我
——去哪儿
我怎能说去见一个
活着的死人

喜 林

喜林。一个把姓忘在娘胎里的女人
把父母的死，忘了
把丈夫的死，忘了

春耕秋收却没忘
十五岁的儿子说
——妈，我去县城了，晚上回来
她没忘

如今已经十五年了
她没忘

院子里长出棵玉米苗

这一定是，母亲
不经意间掉落的青丝
在水泥院的裂缝处，长了出来

这一定是，母亲
无暇顾及的一颗汗珠
落地后，为一粒种子集聚了破土的力量

院子里的那棵玉米苗啊
多少次被风吹倒，母亲一次次
将你扶起

而多年以后，你是否能将
母亲颤颤巍巍的暮年
也小心翼翼地扶起

稻草人

田埂上大片的谷穗
已经吻到王婶的腰线上
（她的丈夫夏天贩菜时出车祸
没了。她因此而神智恍惚）
她总是坐在村口的石头上发呆
村子里有人心疼她，便走过来相劝
回家去吧。你男人已经不在了
她一下就摆起脸色，别胡扯
然后，指指远处谷地里
穿着迷彩服的稻草人说，他就在地里
——那个衣服我认识，是我男人的

决　定

你不止一次下跪。你不止一次磕头。你不止一次
把地板砖磕出回音，也不止一次被保安架出去

这医院里，只有生和死。没有活着。没有
但你还是一次次祈求，祈求给病中的母亲先手术

好吧。巨额的手术费，你也没有。你有
一个活着的人，一次次把贫穷贴到冰冷的地板砖上

你有一辆破旧的三轮车，和堆满院子的废旧品
你有残疾的妻子，母亲和两个年幼的孩子
还有，医院的缴费单。限期三天

三天以后。你对着病床上的母亲说
医生说，没什么大事，回家养几天就好了
此刻，病中的母亲点点头

祭屈原

你这么一跳。汨罗江是你
滚滚流水声是你。水里的鱼是你
而你是，岸上留下的仰天长叹

——楚国。楚国是你
山川草木是你。万千子民是你
而你是，割让疆土后遗留的残简

——《楚辞》。《楚辞》是你
笔墨是你。每一粒汉字是你
而你是，后人从粽子里打捞出来的那枚枣核

光棍，李医生

而明天。磨河水将在光棍李医生的锅中结冰
灰喜鹊的鸣叫在暮色里煮沸。为时已晚

十二月。冷风迫不及待地敲响他的门
他熬的中药从未能医好冬季的寒冷

去年冬天。一只流浪猫在他家里借住了一晚
走后就没有再回来。他少了一个说话的人

而今天。夜里的寒风从他残损的玻璃窗吹进来
带着几片雪花。西村少了一位给雪看病的人

我看见那个女孩独自走过人行道

斑马线。
——这是小镇唯一
下雪的地方。
很多人，经过这片雪域
迅速地消散了。
而那个女孩
——那个喊着妈妈的女孩
没有走出去
我想多年以后的她
一定会独自走过人行道
而她的妈妈
却一直害怕看到
白色的物体

第十辑

生活的构图

屋后种草，养猪。给它们充足的水分
一条路隐蔽在针叶松下。可采集多余的阳光

我不是爱花之人。所以我养的花，不必四季常开
我爱动物。但我的一生从不驯服它们。想来就来，想走就走
这屋檐下的天空，我不想束缚一点自由的思想

而我愿做这老宅里的鸟。一生都囚禁在故乡的笼子里
趁着年轻，在屋前的土地上。点豆搭架，翻土撒谷
让秋天也有个秋天的样子。让秋后掉落在地上的粮食
足以佑护那些过冬的麻雀，和谷茬上裸露的荒凉

请原谅我把你的一生留在这荒凉的村子，我的爱人
在后山的坡地上，我们的墓地如我们活着时一样
有山有水。有花有草。有天空飞的鸟，和地上跑的松鼠
有我此生给予你的，无与伦比的爱

对一只老鼠的回忆

星光还在化解着夜色的传说。屋子里
冒着热气的茶水，它们努力地挤出杯子
一只老鼠，从屋棚的楼梯上悄悄地走下来
假装没有看到我。我假装没有看到它
我们共同维护着这个世界最古老的秩序
如何让我靠近你。随后我只是在稿纸上
轻轻写下一句：我写下的每一粒汉字
都将带我回到西村。而你却带着灯火出了门

起风时

我们相对坐着。火锅里四季轮回
慢慢腾起的雾气，也升起在你的眼角
桌子上摆满了茼蒿，青菜，鲜牛肉
只有分开的筷子是这个夜晚忠实的守门人
那时候，风还没有从丹河放肆地刮过来
江小白却已准备好，为这个世界上走散的人
让她们从酒里找回来。你提起的青春
是被你轻轻摁入沸水的锅里，然后又被你
快速放入口中的一小块藕。而我却一直认为
那是你此刻的心。千疮百孔，夜已微醉
而我觉得你要找的那个人，回来得也差不多了
走出小餐馆的时候，起风了。你说想走走路
我说这个城市，我怎么都熟悉不起来
而你却说。这个城市，伤害得你那么深
你却从来没有想过离开

剧本

在街角
在路灯下
在公交车上
在小镇下雨的那些年
在久举着一杯烈酒的胸口前
我都放过了吻你的机会
可那次，在电影院
在婚礼的荧幕下
我吻了你
多年后
我依然是观众
而你
却做了主角

这个下午

1

这个下午，我拥有大把的时间
可以喝喝茶，可以看看诗
但我决定，去还未上冻的地里
走走。如果碰到放羊的山孩
我愿意把这个下午，都交给他
把我也交给他

2

绿色是一点一点褪去的
阳光也是，山村也是
而我在这个下午
看到多年以后的自己
必将一点一点
褪去土地的
荒凉

3

火炉烧得很旺
这是抵抗寒冷唯一的办法
但我不怕冷
我接受大自然给予人间的一切
而我担心那几只猫咪
怕冷

4

去庙里烧香。磕头
我的心是干净的

不笑，不叫名字
我害怕把我的亲人
留在庙里

5

可是，我的亲人
都留在了
土地里

填 词

多年以后
夜晚的灯火依旧在为小镇谱曲
那笔直的街道是马头琴上的弦
被月光弹奏
我们并肩而行
从那以后
你拒绝了我的一生
我便是古陵街道上丢失的音符
而你
结了婚
有了孩子
有了家
为小镇的夜色填上了赞美的词
可是
这么多年过去了
你为我填的词
……是那个夜晚
是你和那条街道
有着我对小镇唱不完的思念

羞涩

带孩子在商城的游乐场玩
他总是胆胆怯怯的
碰到熟人过来打招呼时
他就躲到我的身后边
就像几天前
陪父亲去城里看大伯
进门坐下的时候
父亲坐在门口鞋柜的
小凳子上
我的孩子紧紧地靠在怀里
可在村子散步的时候
他们不这样拘谨
——看到飞过头顶的麻雀
他们会高兴地喊几下
会学着羊的叫声
累了就在村口的石头上
想怎么坐就怎么坐
偶尔还会调皮地惊吓
正在歇晌的小猫

我不明白
对于这座城市
他们在羞涩
什么

在咖啡馆

我从不反对，一只乌鸦的叫声落进你的咖啡杯里
你拿瓷勺的手光滑、纤细，却带着风暴的漩涡
而你从不加糖。苦涩让这个世界更加清醒
我也不反对，让我清醒的是，你红润的双唇
轻轻吻了这个夜色的边缘，黑暗在你的身体里得到
最后的安顿。整整一个下午，暗色调的咖啡馆里
每个人都找到适合自己的位置。而我不再反对
我向服务生要了一杯冰水，外加一杯咖啡
卧进你对面的瓷勺里，就像十年前一样
只是折叠的抽纸已留下，太多的空白
唯一不同的是，我在杯子里加了糖
让渐渐冷却的咖啡，慢慢带出回忆的甜

冷

不必把整个下午的阳光
填进火炉里。风正横在村口
树指向的方向，无法抵御
几只鸟。天空翻了个身

一只狗折回黎明。我正在
将所有可以燃烧的
——几本诗集。一个铁皮桶
放在睡眠里

没有声音在这样的季节
偷窥绿色，或者关心死亡

因为冷

古陵的雨季

1

收紧翅膀的不仅仅是栖息在
崇安寺的鸽子，还有
古陵的整个天空
它们为这个雨季的到来
举行着庄重的仪式

2

在古陵，雨季是短暂的
每个生命都享有着同样的恩泽
雨水的自由，和快乐

3

我不知道
一颗雨珠是从多高的天空
落下的。但落到古陵就不再向下了
就像一个离家的游子回到了故乡

4

古陵因为有了崇安寺，崇安寺
因为有了雨季。在一场场雨水的
洗礼中，千年的繁华
依然，彰显在拜佛人虔诚的
内心深处

5

在古陵的每个人，如同雨水
一样地安逸。如同
遮雨伞下，两个对弈的人
如同急匆匆，穿过雨中的一对
情侣。他们描绘着每一场雨水的
生命力。同样也抒写着
古陵小镇的安详

崇安寺的钟声

崇安寺的钟声锈迹斑斑。撞钟的和尚早已化身为屠夫
他持刀的双手里没有回音。钟体上消失的字迹
改写了一个朝代的命运。那些被屠宰的猪
便喊出了一块铁的疼

那些在钟楼里筑巢的鸽子。它们在生命的最后
是有幸能听到钟声的。比如，一些人在崇安寺的空地上
撒下金灿灿的谷粒。当它们过来觅食的时候
“当”的一声。它们便会把一块铁的声音误当成钟声

庙门打开以后。点香，下跪，深深地磕头
在神像面前，人们重新做回了虔诚的教徒

丹河记

这一次，丹河的风扎进水中就没有再出来
我看到一尾灰色的鱼，向深处游去。我看得仔细
它游得认真。吊桥上布满时间的纬度
消失的事物得到时间的默许。我也被默许过
从草莓采摘园到吊桥口，我允许身后的孩子独自走
而我只是借助风的手，给他一个父亲的温暖
他不怎么在乎。芦苇草长成记忆，斜下去的夕阳
妻子允许我的身影留在这片水域。少许片刻
我允许一块石头，摸出水面。看我
只要丹河愿意，我允许自己走向那块石头
只是孩子还太小。他的每一天都在得到
而我的每一天都在失去。我是他得到的父爱
他是我失去的年少。而他的母亲，是我喝醉酒时
从大街上背我回家的人。从此，我许诺她一生
丹河的水中，我愿做那棵弯腰汲水的芦苇
她的笑也因此有了丹河水流淌的模样。暮色推进
我们一家人往回走的时候，我突然觉得
自己才是丹河即将升起的夜色。她们并没有发现
我的悲凉来自这片水域。来自一块摸出水面的石头

总有那么一天

我不再过问土地的事
——不关心谷苗。一只麻雀
翅膀上的春天。不关心
面前杯子里的茶水
河流衰竭后，留下的遗言
总有那么一天
我仅仅，只是坐在院子的黄昏里
——风穿过斜斜的阳光
走了。不会带走什么
留下我，起身的时候也不会
这尘世。总有那么一天
我坐在这摇椅上
手中的折扇，半打开
——一个小和尚，俯身而跪
而此刻，我老得
无法再起身

图书在版编目（CIP）数据

余生清白 / 榆木著. -- 北京：作家出版社，2020. 8（2023.1重印）
(21世纪文学之星丛书 · 2019年卷)
ISBN 978-7-5212-0942-6

Ⅰ. ①余… Ⅱ. ①榆… Ⅲ. ①诗集 – 中国 – 当代
Ⅳ. ①I227

中国版本图书馆CIP数据核字（2020）第076064号

余生清白

作　　者：榆　木
责任编辑：史佳丽　李亚梓
特约编辑：赵　蓉　王锦方
装帧设计：守义盛创 · 段领君
封面摄影：梁　可
出版发行：作家出版社有限公司
社　　址：北京农展馆南里10号　　　**邮　　编**：100125
电话传真：86-10-65067186（发行中心及邮购部）
86-10-65004079（总编室）
E-mail:zuojia@zuojia.net.cn
http://www.zuojiachubanshe.com
印　　刷：中煤（北京）印务有限公司
成品尺寸：142×210
字　　数：150千
印　　张：6.25
版　　次：2020年8月第1版
印　　次：2023年1月第2次印刷
ISBN　978-7-5212-0942-6
定　　价：40.00元